趣味漢語拼音音節故事 **3**

# 猴子娶親

宋詒瑞 著

新雅文化事業有限公司
www.sunya.com.hk

# 音節法學拼音 識漢字

　　小朋友，你們都正在學習普通話吧？你是不是覺得普通話的發音和粵語的發音很不相同，每個字的發音很難記得住？

　　那麼，有什麼辦法可以幫助你更快學會每個字的發音，多認識一些漢字，並且說好普通話呢？有，有辦法！

　　這個辦法就是：用音節法來學會漢語拼音！

　　什麼是漢語拼音？

　　漢語拼音是一種記寫漢字讀音的方法。它使用 26 個字母來拼寫中文（字母順序與英語字母表一致），分為 21 個聲母和 35 個韻母，相拼成 402 個基本音節，每個音節用 4 種聲調來讀，就組成，不同的各個漢字。

　　有了漢語拼音之後，學習漢字就變得容易多了，因為你用拼音就能讀準漢字。會漢語拼音是多麼重要啊！

什麼是音節法？

漢語中有很多字具有相同的音節，它們的聲調可能相同，也可能不同。譬如 ba 這個音節，常用的字就有「八、巴、吧、把、罷、爸、疤、霸、靶」等字，所以你看，你只要學會一個音節，就能學到很多常用字呢。我們這套音節故事書，就是把同一個音節的 8-12 個常用字精心地編寫在一個有趣的故事中，使你在看故事的同時，鞏固音節記憶，學到更多有用的漢字。

每個故事後面，我們還安排了一些有趣的漢語拼音遊戲——拼音遊樂場。試試做這些拼音遊戲，你就能牢牢地學會這些拼音和同音節的漢字了。

書中每個音節和故事都附帶普通話錄音，邊讀邊聽，你的漢語拼音和普通話水平將會有很大程度的提高。

# 目錄

mā　mā　má　mǎ　mǎ
媽、抹、麻、蟆、馬、

mǎ　mà　ma　ma
瑪、罵、嗎、嘛

## 麻媽媽騎馬
má mā ma qí mǎ

農場的女主人麻媽媽雖然已經五十多歲
nóng chǎng de nǚ zhǔ rén má mā ma suī rán yǐ jing wǔ shí duō suì

了，兩個孩子也已長大成人，但是她仍然精力
le liǎng gè hái zi yě yǐ zhǎng dà chéng rén dàn shì tā réng rán jīng lì

充沛，愛好運動。
chōng pèi ài hào yùn dòng

農場新添了一匹小馬，皮色光滑，眼睛
nóng chǎng xīn tiān le yì pǐ xiǎo mǎ pí sè guāng huá yǎn jing

呈瑪瑙色，非常漂亮。
chéng mǎ nǎo sè fēi cháng piào liang

這匹小馬人見人愛，麻媽媽一眼就喜歡牠，
zhè pǐ xiǎo mǎ rén jiàn rén ài má mā ma yì yǎn jiù xǐ huan tā

要騎着牠去兜風。
yào qí zhe tā qù dōu fēng

她跨上了小馬，策鞭前行。小馬走得很
tā kuà shang le xiǎo mǎ cè biān qián xíng xiǎo mǎ zǒu de hěn

慢，麻媽媽着急了，開口大罵：「喂，你這笨
màn　　　má mā ma zháo jí le　　kāi kǒu dà mà　　　wèi　nǐ zhè bèn

蛋，不會跑嗎？這樣慢吞吞地走，怕踩死螞蟻
dàn　　bú huì pǎo ma　　zhè yàng màn tūn tūn de zǒu　pà cǎi sǐ mǎ yǐ

嗎？」
ma

　　她揮了一下鞭子，小馬揚蹄飛奔起來，跑
　　tā huī le yí xià biān zi　　xiǎo mǎ yáng tí fēi bēn qǐ lai　pǎo

了兩圈，累得麻媽媽不停地用手絹抹汗，不得
le liǎng quān　　lèi de má mā ma bù tíng de yòng shǒu juàn mā hàn　bù dé

不大叫：「行了，我知道你的本事了嘛，別逞
bú dà jiào　　xíng le　　wǒ zhī dao nǐ de běn shi le ma　bié chěng

強了！」
qiáng le

mán mán mán mán mán
埋、鰻、瞞、蠻、饅、
mǎn màn màn
滿、慢、謾

yì chǎng wù huì
# 一場誤會

xióng dà jiě yào zhāo dài kè ren zhēng le yí dà lóng bái mán tou
熊大姐要招待客人，蒸了一大籠白饅頭，

yòu zhǔ le yì guō yú biàn chū qu mǎi
又煮了一鍋魚，便出去買

shuǐ guǒ
水果。

huí jiā yí kàn mǎn mǎn de yì
回家一看，滿滿的一

lóng mán tou zhǐ shèng le yí bàn tā xǐ
籠饅頭只剩了一半，她喜

huan chī de mán yú bú jiàn le zhǐ shèng
歡吃的鰻魚不見了，只剩

xia jǐ tiáo xiǎo
下幾條小

yú tā qì
魚。她氣

de pǎo chū mén wài dà shēng mà dào
得跑出門外大聲罵道:

nǎ ge chán zuǐ guǐ tōu chī le wǒ
「哪個饞嘴鬼偷吃了我

de mán tou hé mán yú　　gǎn kuài cóng
的饅頭和鰻魚?趕快從

shí zhāo lai
實招來!」

　　xióng dà gē zhèng hǎo huí jiā
　　熊大哥正好回家,

bǎ tā lā jìn wū li mán yuàn dào　　nǐ bù néng zhè yàng mán bù jiǎng
把她拉進屋裏埋怨道:「你不能這樣蠻不講

lǐ de màn mà　　cuò guài le lín jū bù hǎo
理地謾罵,錯怪了鄰居不好。」

　　xióng dà jiě qì fèn de shuō　　shéi mán zhe wǒ tōu chī　　jiù shì
　　熊大姐氣憤地說:「誰瞞着我偷吃,就是

zéi
賊!」

　　xióng dà gē shuō　　xiān nòng qīng chu shì shí　　màn diǎn cái xià jié
　　熊大哥說:「先弄清楚事實,慢點才下結

lùn
論。」

　　guǒ rán　　yuán lái shì xióng xiǎo dì huí jiā　　kàn jiàn měi wèi de shí
　　果然,原來是熊小弟回家,看見美味的食

pǐn　　biàn ná le yì xiē huí xué xiào hé tóng xué fēn xiǎng　　tā wàng le liú
品,便拿了一些回學校和同學分享,他忘了留

zì tiáo gào su dà jiě　　biàn zào chéng le zhè chǎng wù huì
字條告訴大姐,便造成了這場誤會。

9

mao

| māo | máo | máo | máo | mào |
|------|------|------|------|------|
| 貓 | 毛 | 髦 | 錨 | 貌 |

| mào | mào | mào | mào |
|------|------|------|------|
| 茂 | 瑁 | 冒 | 帽 |

聆聽錄音

māo yóu shì jiè

# 貓遊世界

yì sōu dà yóu lún shǐ jìn gǎng kǒu　　pāo xia le máo　　yān cōng
一艘大郵輪駛進港口，拋下了錨，煙囪

zhōng bú zài mào chū hēi yān
中不再冒出黑煙。

dài zhe chuán xíng mào de shuǐ shǒu fàng xià tiào bǎn　　shēn shì shū nǚ men
戴着船形帽的水手放下跳板，紳士淑女們

lù xù cóng yóu lún shang xià lai　　zhè shì yì sōu huán yóu shì jiè de yóu
陸續從郵輪上下來。這是一艘環遊世界的郵

lún　　lǚ kè dōu shì yì xiē cái mào shuāng quán de shí máo rén wù
輪，旅客都是一些才貌雙全的時髦人物。

zuì hòu chū xiàn yí gè nián qīng shuǐ shǒu　　bào zhe yì zhī piào liang de
最後出現一個年青水手，抱着一隻漂亮的

小貓。牠全身披着金黃色的絨毛，厚厚實實的，像是田野中長得茂盛的一片金色麥穗；眼珠是黃褐帶黑斑的玳瑁色。岸上的人們都很詫異：怎麼從郵輪上下來一隻貓？

原來這隻貓不知如何偷上了船，水手在起航後發現了牠，只得一直帶着牠遠航。一隻流浪貓竟然乘坐豪華郵輪環遊了世界，一時成為美談。

音節寶庫

mei

| méi | méi | méi | méi | méi |
|-----|-----|-----|-----|-----|
| 玫 | 眉 | 梅 | 莓 | 沒 |

| měi | měi | mèi | mèi | mèi |
|-----|-----|-----|-----|-----|
| 每 | 美 | 媚 | 妹 | 魅 |

聆聽錄音

# bǎi huā zhēng yàn
# 百花爭豔

chūn gū niang lái le　　dà dì huí nuǎn　　kū huáng le yí gè dōng tiān
春姑娘來了，大地回暖，枯黃了一個冬天

de cǎo dì shang lù chū le qīng qīng de xiǎo cǎo　　gè zhǒng huā duǒ zhēng xiāng
的草地上露出了青青的小草，各種花朵爭相

kāi fàng
開放。

yíng chūn huā zuì zǎo zhàn fàng chū huáng sè huā duǒ　　tā shuō　　　wǒ
迎春花最早綻放出黃色花朵，她說：「我

shì chūn tiān de shǐ zhě
是春天的使者。」

yì cóng cóng hóng méi huā bù gān luò hòu　　shuō　　　hái shi wǒ de
一叢叢紅莓花不甘落後，說：「還是我的

hóng sè zuì měi
紅色最美。」

玫瑰花伸出枝頭説：「姑娘們最喜愛的就是嬌媚的我們啊。」

長在樹上的粉紅桃花、白色李花、大紅櫻花、黃色梅花都吃吃笑着，她們説：「你們這些矮灌木上的花，沒有誰能具有我們這滿樹盛開花朵的魅力啊。」

一個小妹妹來到草地上，見到鮮花盛開，高興得眉開眼笑。她大聲説道：「你們都太美了，我要每天來看你們！」

音節寶庫

meng

méng méng méng měng měng
蒙、朦、獴、蠓、蜢、

měng měng mèng
猛、懵、夢

聆聽錄音

méng hé měng
# 獴和蠓

yì zhī méng zài cǎo duī li xún zhǎo shí wù jiàn yì tiáo xiǎo qīng shé
一隻獴在草堆裏尋找食物，見一條小青蛇

zhèng zài dōngmián
正在冬眠。

xiǎo shé gāng cóng shuì mèng zhōng xǐng
小蛇剛從睡夢中醒

lai méng lǒng jiān jiàn yí gè hēi yǐng pū
來，朦朧間見一個黑影撲

guò lai jǐng bó shang měng de bèi zhuó le
過來，頸脖上猛地被啄了

yì kǒu měng měng dǒng dǒng de jiù bèi
一口，懵懵懂懂地就被

méng tūn xià le dǔ zi
獴吞下了肚子。

méng yòu zhuō le jǐ zhī zhà měng chī
獴又捉了幾隻蚱蜢吃，

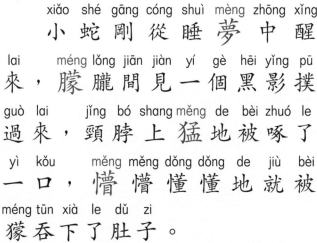

14

還不飽。牠走到河邊，看看有沒有可吃的小魚小蟹。

忽然，牠感到背上癢癢的。牠用前腳拍打背部，一隻黑色的小蟲掉了下來。獴問道：「你是誰呀？為什麼趴在我背上？」

那昆蟲說：「獴大哥，對不住了！我也叫蠓，不過是昆蟲類的蠓，我要吸一些動物的血回家餵孩子。」

獴說：「你要吸血也不能找姓蒙的呀。我對不住你了！」說着把蠓一口吞下去。

音節寶庫

mi

mī　mí　mí　mí　mí
瞇、獼、迷、謎、麋、
mì　mì　mì　mì
蜜、密、秘、覓

聆聽錄音

hé zuò xún mì
# 合作尋蜜

dà xióng ài chī fēng mì　　nà shì tā zuì ài de shí wù
大熊愛吃蜂蜜，那是牠最愛的食物。

mì fēng bǎ fēng cháo jiàn zào zài hěn mì mì de dì fang　　bú ràng dà
蜜蜂把蜂巢建造在很秘密的地方，不讓大

xióng zhǎo dào　　dà xióng wèi le xún mì fēng cháo　　cháng cháng zài sēn lín li
熊找到。大熊為了尋覓蜂巢，常常在森林裏

mí le lù　　nǎ li yǒu fēng cháo　　duì dà xióng lái shuō　　jiù shì yí gè
迷了路。哪裏有蜂巢？對大熊來說，就是一個

yǒu qù de　　lè yì qù jiě kāi de mí
有趣的、樂意去解開的謎。

zhè yì tiān　　dà xióng zài sēn lín li yù dào le mí hóu hé mí
這一天，大熊在森林裏遇到了獼猴和麋

lù　　xiǎng bu dào tā liǎ yě shì fēng mì mí　　yě zài xún zhǎo fēng cháo
鹿，想不到牠倆也是蜂蜜迷，也在尋找蜂巢。

yú shì　　tā men lián shǒu xíng dòng　　mí hóu shēn shǒu líng huó　　pá dào gāo
於是，牠們聯手行動：獼猴身手靈活，爬到高

gāo de shù shāo zhēn chá
高的樹梢偵察；

kàn dào fēng cháo hòu　　tā
看到蜂巢後，牠

zhǐ chu fāng xiàng　mí lù jiù fēi
指出方向，麋鹿就飛

bēn guò qu shǒu zhù fēng cháo　rán hòu shì dà
奔過去守住蜂巢；然後是大

xióng gǎn guò qu zhuàng jī fēng cháo　tā de hún shēn hòu máo
熊趕過去撞擊蜂巢，牠的渾身厚毛

bú pà mì fēng zhē　zhè yàng de hé zuò fēi cháng chéng gōng
不怕蜜蜂蜇。這樣的合作非常成功，

lè de dà xióng de shuāng yǎn mī chéng le yì tiáo xiàn
樂得大熊的雙眼瞇成了一條線。

17

音節寶庫

mian

mián mián mián miǎn miǎn
眠、棉、綿、免、勉、

miǎn miàn miàn
腼、面、麵

聆聽錄音

xīn mā ma
# 新媽媽

sān nián qián　　xiǎo yīng de mǔ qīn dé le zhòng bìng qù shì le
三年前，小英的母親得了重病去世了。

xiǎo yīng shī qù le mǔ qīn　shāng xīn de chī bu xià shuì bu zháo　měi
小英失去了母親，傷心得吃不下睡不着，每

tiān miǎn qiǎng dǎ qǐ jīng shén qù shàng xué　chéng jì yí luò qiān zhàng
天勉強打起精神去上學，成績一落千丈。

bà ba jué de yí gè jiā tíng bù néng méi yǒu mǔ qīn　jīn nián gěi xiǎo
爸爸覺得一個家庭不能沒有母親，今年給小

yīng zhǎo lái le yí wèi xīn mā ma
英找來了一位新媽媽。

xiǎo yīng hěn miǎn tiǎn　bù kěn kāi kǒu jiào mā ma　jǐn liàng bì miǎn
小英很腼腆，不肯開口叫媽媽，盡量避免

hé tā jiàn miàn
和她見面。

xīn mǎ ma duì xiǎo yīng hěn guān xīn　tiān lěng le　xīn mā ma mǎi lái
新媽媽對小英很關心。天冷了，新媽媽買來

布和棉花，親手給小英縫了一條軟綿綿的厚棉被。

小英生病了，新媽媽知道她愛吃清湯麵，便立刻給她煮。晚上，她不眠不休，守在小英牀邊整整一夜。

新媽媽的誠心打動了小英，她終於摟着新媽媽溫柔地叫了一聲：「媽！」

miao

miāo　miáo　miáo　miáo　miǎo
喵、瞄、描、苗、秒、
miǎo　miào　miào
渺、廟、妙

聆聽錄音

# bá miáo zhù zhǎng
# 拔苗助長

gǔ shí hou yǒu gè rén zhù zài yì suǒ sì miào fù jìn　　tā jiàn miào
古時候有個人住在一所寺廟附近。他見廟

hòu yǒu kuài tián　　biàn sā xià le zhǒng zi
後有塊田，便撒下了種子。

tā zài xīn zhōng miáo huà chū mǎn tián zhǎng chū yāng miáo de jǐng xiàng
他在心中描畫出滿田長出秧苗的景象，

shí fēn xīng fèn　　měi guò jǐ xiǎo shí jiù qù dì li miáo miao　　kàn kan
十分興奮，每過幾小時就去地裏瞄瞄，看看

zhǒng zi fā yá le méi yǒu　　tā jué de shí jiān yì fēn yì miǎo de guò
種子發芽了沒有，他覺得時間一分一秒地過

qu　　zhēn de tài màn le
去，真的太慢了。

dì li jǐ tiān méi yǒu dòng jing　　tā jué de xī wàng miǎo máng
地裏幾天沒有動靜，他覺得希望渺茫，

很不開心。

種子終於發芽了，長出了小苗，他高興萬分，希望它們快快長大。

但是他覺得秧苗長得太慢了，便把每棵秧苗都往上拔高了一點，心想這個辦法很妙，秧苗看來長高了。

第二天，地裏的秧苗全部枯死了。連廟裏的小貓都在笑話他：「喵，喵，這個急性人太笨了！」

21

mo

mō mó mó mó mǒ
摸、蘑、魔、摩、抹、
mò mò mò
默、漠、沒

聆聽錄音

tiān shǐ de lǐ wù
**天使的禮物**

xiǎo nǚ hái de mā ma bìng de hěn zhòng
小女孩的媽媽病得很重，

chī fàn méi yǒu wèi kǒu　　zhǐ xiǎng chī yì kǒu xīn
吃飯沒有胃口，只想吃一口心

ài de mó gu
愛的蘑菇。

xiàn zài shì hán lěng de dōng tiān　　nǎ li
現在是寒冷的冬天，哪裏

néng zhǎo dào mó gu ne　　xiǎo nǚ hái hěn fā
能找到蘑菇呢？小女孩很發

chóu
愁。

kě shì　　zěn néng mò shì bìng wēi mā ma
可是，怎能漠視病危媽媽

de xīn yuàn ne　　xiǎo nǚ hái jiù tí zhe lán zi
的心願呢？小女孩就提着籃子

默默地走進森林。

到處都沒有蘑菇，小女孩坐在大樹旁哭了起來。

小天使飛過來，輕輕撫摩女孩的頭，抹去女孩的眼淚，然後把手中的魔杖一揮。

奇跡出現了：草地上長滿了一堆堆可愛的小蘑菇，女孩高興得摸摸這個，親親那個，採了一大籃子回家去。

小天使微笑着離去，隱沒在天際。

23

音節寶庫

mu

畝、母、目、墓、慕、
暮、牧、募、睦、沐

聆聽錄音

gū ér shàng xué
# 孤兒上學

ā míng shì gè kě lián de gū ér
阿明是個可憐的孤兒。

tā jiā zhōng běn lái yǒu jǐ mǔ dì　　quán jiā zhòng cài wéi shēng　　jiā
他家中本來有幾畝地，全家種菜為生，家

tíng hé mù　　kě shì　　yì chǎng chuán rǎn bìng duó qu le fù mǔ de shēng
庭和睦。可是，一場傳染病奪去了父母的生

mìng　　yòu xiǎo de tā wú lì gēng zhòng　　zhǐ hǎo bǎ dì mài diào　　zì jǐ
命，幼小的他無力耕種，只好把地賣掉，自己

tì rén fàng mù
替人放牧。

měi tiān qīng zǎo　　mù yù zhe chén guāng　　tā fàng yáng shàng shān　　tā
每天清早，沐浴着晨光，他放羊上山。他

hěn xiàn mù néng shàng xué de xiǎo tóng bàn　　zì jǐ zhǐ néng zài
很羨慕能上學的小同伴，自己只能在

24

羊兒吃草時看看書，用樹枝在地上練習寫字。

暮色降臨，他把羊羣送回主人家。晚上，他常常獨自到父母的墓地去，對爸媽說幾句悄悄話。

全村人的目光都注視着他，為他的勤奮好學所感動。村長發起募捐，籌了一筆錢供他上學，改變了這個孤兒的命運。

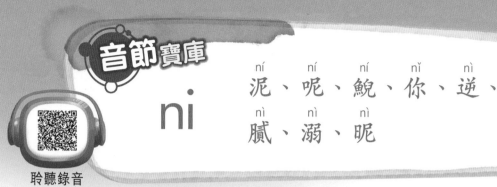

音節寶庫

ni

聆聽錄音

ní ní ní nǐ nì
泥、呢、鯢、你、逆、

nì nì nì
膩、溺、昵

# 大鯢和小鯢
dà ní hé xiǎo ní

yì chǎng dà yǔ gāng guò　　hé shuǐ měng zhǎng　　yì tiáo xiǎo ní hào qí
一場大雨剛過，河水猛漲。一條小鯢好奇

de cóng shuǐ cǎo zhōng yóu chū lai wán
地從水草中游出來玩。

　　　　yō　　zěn me yí yè zhī jiān hé shuǐ dōu kuài zhǎng shàng àn
「喲，怎麼一夜之間河水都快漲上岸

le　　　xiǎo ní ní nán dào
了！」小鯢呢喃道。

tā xiǎng yóu dào hé duì àn qu　　shéi zhī zhè shì nì shuǐ de fāng
牠想游到河對岸去，誰知這是逆水的方

26

向，牠力氣小，抵不住迎面而來的水流，幾乎
被激流打暈了。

眼看小鯢快溺死了，一條大鯢游了過來，
用身子托住牠，把牠帶到對岸。

大鯢問道：「今天河水很急，你為什麼要
冒險呢？」

渾身泥水的小鯢喘息着說：「我在河那邊
玩膩了，想到對岸看看。」

大鯢親昵地說：「你這貪玩的小傢伙，差
點沒了命。好吧，我帶你玩一圈後送你回家。」

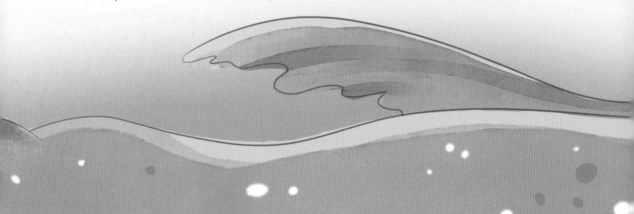

## 一 將正確的音節和圖片連起來

| mā ma | níng méng | xiǎo māo | mǐ fàn |

① ② ③ ④

## 二 請為以下的拼音標上正確的聲調 ˇ ˊ ˉ ˋ

① 魔法　mo fǎ　② 鰻魚　man yú

③ 美麗　mei lì　④ 禾苗　hé miao

| shù mù | miàn tiáo | mèi mei | ní tǔ |

1

2

3 

4

四 我會拼讀，我會寫

1 m + a = ☐

2 m + ao = ☐

3 m + eng = ☐

4 m + iao = ☐

音節寶庫

peng

pēng pēng pēng pēng péng
烹、怦、砰、嘭、朋、
péng péng péng péng pěng
篷、蓬、鵬、澎、捧

聆聽錄音

# wáng jiā qìng yàn
# 王家慶宴

wáng zhì míng jiē dào le wài guó míng pái dà xué de lái xìn　chāi xìn
王志明接到了外國名牌大學的來信，拆信

shí tā jǐn zhāng de xīn ér pēng pēng tiào　yuán lái shì lù qǔ tōng zhī　tā
時他緊張得心兒怦怦跳。原來是錄取通知，他

néng chū guó shēn zào le　tā xīn qíng péng pài　xīng fèn jí le
能出國深造了！他心情澎湃，興奮極了。

wáng mā ma wèi tā jǔ bàn yí gè qìng zhù huì　yāo qǐng qīn péng hǎo
王媽媽為他舉辦一個慶祝會，邀請親朋好

yǒu lái cān jiā
友來參加。

yí dà zǎo　wáng mā ma jiù zài chú fáng li pēng zhǔ gè shì měi
一大早，王媽媽就在廚房裏烹煮各式美

shí　máng de péng tóu gòu miàn de　kè ren lái le cái qù shū xǐ dǎ
食，忙得蓬頭垢面的，客人來了才去梳洗打

ban　huáng hūn shí fēn　dà mén shang bù shí xiǎng qǐ pēng pēng de qiāo mén
扮。黃昏時分，大門上不時響起嘭嘭的敲門

shēng péng you men lù xù lái dào yǒu rén hái pěng lái le yí gè dà dàn
聲，朋友們陸續來到，有人還捧來了一個大蛋

gāo shàngmian xiě zhe zhù zhì míng péng chéng wàn lǐ
糕，上面寫着：祝志明鵬程萬里！

qìng zhù huì zài wáng jiā huā yuán de dà zhàng péng li jǔ xíng fēng
慶祝會在王家花園的大帳篷裏舉行。豐

shèng de wǎn cān hòu hái tè dì fàng le xiǎo yān huā pēng pēng měi lì de
盛的晚餐後還特地放了小煙花。砰砰！美麗的

yān huā zhàn fàng xiàngzhēng zhe zhì míng de qián tú guāng míng càn làn
煙花綻放，象徵着志明的前途光明燦爛。

音節寶庫

pi

pī　pī　pī　pí　pí
劈、霹、披、皮、脾、

pí　pí　pǐ　pì　pì
疲、啤、匹、屁、僻

聆聽錄音

# huāng yě qí zhě
# 荒野騎者

huāng liáng pì jìng de cǎo yuán shang zhǐ yǒu yì jiā xiǎo lǚ diàn　　nà
荒　涼僻靜的草原上只有一家小旅店。那

tiān 　　　yǒu pǐ jùn mǎ fēi bēn guò lai　　qí zhě shēn pī yí jiàn yáng pí
天，有匹駿馬飛奔過來，騎者身披一件羊皮

ǎo　　mǎn liǎn fēng chén　　kàn lai shì jīng pí lì jìn le
襖，滿臉風塵，看來是精疲力盡了。

tā xià mǎ zǒu jìn xiǎo diàn　　yí pì gu zuò zài mù yǐ shang　　dà
他下馬走進小店，一屁股坐在木椅上，大

jiào dào　　　　lái yí guàn bīng dòng pí jiǔ　　yǒu shén me xià jiǔ cài　　dōu
叫道：「來一罐冰凍啤酒，有什麼下酒菜，都

ná lai
拿來！」

diàn zhǔ shuō　　　　　pí jiǔ gāng hǎo duàn huò　　hē qì shuǐ ba
店主説：「啤酒剛好斷貨，喝汽水吧。」

zhēn dǎo méi　　chú le pí jiǔ shén me dōu bú yào　　kàn lai tā
「真倒霉！除了啤酒什麼都不要！」看來他

脾氣還不小。

「天黑了，今晚要住下來嗎？」店主問。

「不行，我有要事，急着趕路。」他只喝了杯水，又上馬啟程了。

遠處亮起一道閃電，劈開了漆黑的天空，緊接着是震耳的霹靂聲。天要下雨了，騎者卻面不改色，一揮鞭子，衝進了黑夜中。

音節寶庫

聆聽錄音

pu

pū　pū　pú　pú　pǔ
鋪、撲、葡、菩、普、
pǔ　pǔ　pù　pù　pù
樸、圃、瀑、舖、曝

pú tao shì suān de ma

# 葡萄是酸的嗎

yí gè chū xià de xià wǔ　　hú li xiān sheng chū wài sàn bù
一個初夏的下午，狐狸先生出外散步。

tā kàn jian cóng cóng de　pù　bù yán zhe shān yá zhí liú xià lai　　dài
牠看見淙淙的瀑布沿着山崖直流下來，帶

lai yí zhèn qīng liáng　　yǒu yì tiáo　pū　zhe suì shí zi de xiǎo lù tōng xiàng yí
來一陣清涼；有一條鋪着碎石子的小路通向一

gè miáo pǔ　　lǐ miàn zhòng yǒu cóng nán
個苗圃，裏面種有從南

fāng yùn lái de　pú tí shù　　hái yǒu yí
方運來的菩提樹，還有一

dà piàn pú tao jià　　yí chuàn chuàn chéng
大片葡萄架，一串串成

shóu le de zǐ pú tao zuān chū nóng mì de
熟了的紫葡萄鑽出濃密的

lù yè　　pù lù zài yáng guāng xià
綠葉，曝露在陽光下，

xiāng qì pū bí
香氣撲鼻。

hú li jiàn sì xià wú rén
狐狸見四下無人，

biàn xiǎng zhāi xiē pú tao chī　　kě shì jià zi hěn gāo　　tā pīn mìng de tiào
便想摘些葡萄吃。可是架子很高，牠拼命地跳

ya tiào　　qián zhuǎ zǒng jí bu dào pú tao　　lèi de tā jīng pí lì jìn
呀跳，前爪總及不到葡萄，累得牠精疲力盡，

zhǐ hǎo fàng qì
只好放棄。

tā bù fú qì de shuō　　hēng　　yǒu shén me xī qí de　　bú guò
牠不服氣地説：「哼，有什麼稀奇的？不過

shì yì xiē hěn pǔ tōng de suān pú tao bà le
是一些很普通的酸葡萄罷了。」

zǒu guò yì jiā wài biǎo pǔ shí de xiǎo diàn pù　　tā jìn qu mǎi le
走過一家外表樸實的小店舖，牠進去買了

yì xiē pú tao gān lái jiě chán
一些葡萄乾來解饞。

音節寶庫

qi

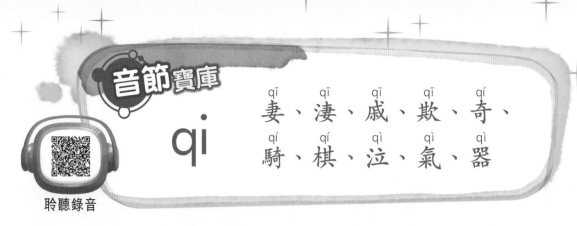

qī qī qī qī qí
妻、淒、戚、欺、奇、
qí qí qì qì qì
騎、棋、泣、氣、器

聆聽錄音

bài jiā zǐ wáng lì
# 敗家子王利

wáng lì shì gè fù jiā gōng zǐ　　zì yǐ wéi jiā zhōng yǒu qián
王利是個富家公子，自以為家中有錢，
bù chóu chī chuān　　biàn bú wù zhèng yè　　měi tiān zhāo hu tā de qīn qi
不愁吃穿，便不務正業。每天招呼他的親戚
péng you lái jiā xià qí wán yuè qì　　xīn shǎng tā shōu cáng de guài shí qí
朋友來家下棋玩樂器，欣賞他收藏的怪石奇
wù　　yǒu shí hái qí mǎ dǎ qiú　　wán de bú yì lè hū　　sú yǔ shuō
物，有時還騎馬打球，玩得不亦樂乎。俗語說
wán wù sàng zhì　　tā biàn de yuè lái yuè lǎn　　yuè lái yuè jiǎng jiu
「玩物喪志」，他變得越來越懶，越來越講究
xiǎng shòu
享受。

tā de qī zi duì tā fēi cháng shēng qì　　zǒng shì quàn tā yào zhǎo
他的妻子對他非常生氣，總是勸他要找
fèn gōng zuò　　bù néng zuò chī shān kōng　　quàn shuō wú yòng　　qī zi zhǐ néng
份工作，不能坐吃山空。勸說無用，妻子只能

tōu tōu kū qì
偷偷哭泣。

guǒ rán　　wáng lì　de wǎn nián hěn　qī liáng　　jiā chǎn gěi tā　liú shuǐ
　　果然，王利的晚年很淒涼：家產給他流水

shì de huā guāng　　hái bèi rén qī piàn　　sǔn shī le bù shǎo qián　　zhè
似的花光；還被人欺騙，損失了不少錢。這

shí　　tā yǐ jing hòu huǐ mò jí le
時，他已經後悔莫及了。

音節寶庫

聆聽錄音

qian

| qiān | qiān | qiān | qiān | qián |
| 遷 | 牽 | 簽 | 千 | 錢 |

| qián | qiǎn | qiàn |
| 前 | 遣 | 欠 |

## chāi qiān nóng cūn
# 拆遷農村

zhè ge cūn zi de dì lǐ wèi zhì hěn hǎo　　kào shān bèi shuǐ　　qián
這個村子的地理位置很好，靠山背水，前

miàn jiù shì gōng lù
面就是公路。

　　fā zhǎn shāng kàn zhòng le zhè kuài dì　　fā gěi měi hù yì bǐ qiǎn sàn
　　發展商看中了這塊地，發給每戶一筆遣散

fèi　　yào tā men zài qì yuē
費，要他們在契約

shang qiān zì　　mǎ shàng bān qiān
上簽字，馬上搬遷。

很多村民都不願意搬家。他們說：「這是我們世代居住的地方，祖墳也在此，給我一千萬元也不會離開。」當拆遷大軍來到時，村民們手牽手地攔住汽車，不讓外人進村。

發展商使出各種手段：挑撥離間、分化瓦解、軟硬兼施⋯⋯最後與一戶戶個別談判，逐一加多了錢，才陸續使全村搬走。

莊稼被鏟平了，田野消失了，人類對自然界又欠下了一筆還不清的債。

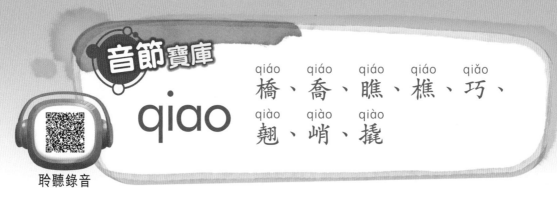

音節寶庫

qiao

qiáo qiáo qiáo qiáo qiǎo
橋、喬、瞧、樵、巧、

qiào qiào qiào
翹、峭、撬

聆聽錄音

## dà xué shēng jiàn qiáo
# 大學生建橋

xiāng gǎng yì jiān dà xué de jiàn zhù xì xué sheng lái dào nèi dì shān
香港一間大學的建築系學生來到內地山

qū kàn dào liǎng zuò dǒu qiào de shān bì zhī jiān yǒu yì tiáo tuān jí de
區，看到兩座陡峭的山壁之間有一條湍急的

hé hé miàn shang méi yǒu qiáo rén men yào huá chuán guò hé huò shì
河，河面上沒有橋，人們要划船過河，或是

zài hé shuǐ bù shēn de hé duàn shè shuǐ guò hé
在河水不深的河段涉水過河。

tā men kàn dào yì míng xiǎo xué lǎo shī měi tiān dào hé biān bǎ jǐ shí
他們看到一名小學老師每天到河邊把幾十

gè xué sheng yī yī bēi guò hé jiē sòng tā men shàng xué hé huí jiā
個學生一一背過河，接送他們上學和回家。

<sup>dà xué shēng men huí dào xiāng gǎng</sup> <sup>hào zhào rén men juān kuǎn wèi shān qū</sup>
大學生們回到香港，號召人們捐款為山區

<sup>xué sheng jiàn qiáo</sup>
學生建橋。

<sup>tā men lì yòng shǔ jià zài dào shān qū</sup> <sup>fā dòng dāng dì qiáo fū kǎn</sup>
他們利用暑假再到山區，發動當地樵夫砍

<sup>fá yì xiē gāo dà de qiáo mù</sup> <sup>zhǔn bèi hǎo cái liào hòu</sup> <sup>tā men zì jǐ</sup>
伐一些高大的喬木。準備好材料後，他們自己

<sup>shè jì zì jǐ shī gōng</sup> <sup>yòng tiě chǔ qiào kāi shí bì</sup> <sup>yòng shuāng shǒu bān</sup>
設計自己施工，用鐵杵撬開石壁，用雙手搬

<sup>lái mù zhuāng</sup> <sup>qiáo</sup> <sup>yí zuò yòng ài xīn hé qiǎo shǒu jiàn qi de qiáo héng</sup>
來木樁……瞧，一座用愛心和巧手建起的橋橫

<sup>kuà zài hé shang</sup> <sup>rén men dōu qiào qi dà mǔ zhǐ</sup> <sup>zàn yáng zhè bān yǒu ài</sup>
跨在河上！人們都翹起大拇指，讚揚這班有愛

<sup>xīn de dà xué shēng</sup>
心的大學生。

音節寶庫

qing

| qīng | qīng | qīng | qīng | qíng |
|------|------|------|------|------|
| 清、 | 輕、 | 蜻、 | 青、 | 晴、 |

| qíng | qǐng | qìng |
|------|------|------|
| 情、 | 請、 | 慶 |

聆聽錄音

# qīng wā chǎn luǎn
# 青蛙產卵

yì tiáo qīng qīng de xiǎo hé shang　　zhù zhe qīng wā fū fù liǎ
一條清清的小河上，住着青蛙夫婦倆。

yì zhī qīng tíng měi tiān fēi lái xiǎo hé mì shí　　měi cì qīng wā fū fù dōu
一隻蜻蜓每天飛來小河覓食，每次青蛙夫婦都

rè qíng zhāo hu tā tíng liú zài jiā li xiū xi　　hái bāng tā bǔ zhuō xiǎo chóng chī
熱情招呼牠停留在家裏休息，還幫牠捕捉小蟲吃。

yí gè qíng lǎng de rì zi　　qīng wā mā ma chǎn xià le yì duī
一個晴朗的日子，青蛙媽媽產下了一堆

luǎn　　fū fù liǎ gāo shēng chàng gē qìng zhù
卵，夫婦倆高聲唱歌慶祝。

qīng tíng fēi lái le　　　　tā qīng qīng de fēi luò zài qīng wā fū fù shēn
蜻蜓飛來了，牠輕輕地飛落在青蛙夫婦身

páng　　wèn dào　　　　jīn tiān nǐ liǎ wèi shén me zhè me gāo xìng a
旁，問道：「今天你倆為什麼這麼高興啊？」

qīng wā fū fù zhǐ zhe yì duī kuài fū chu kē dǒu de luǎn shuō
青蛙夫婦指着一堆快孵出蝌蚪的卵說：

「請你看看，我們有了自己的孩子了！」

蜻蜓奇怪地問道：「你們的孩子？怎麼一點都不像你們呢？」

青蛙爸爸說：「雖然牠們現在不像我們，但牠們很快就會變得和我們一樣的。」

蜻蜓連忙恭喜牠們。

音節寶庫　聆聽錄音

qu

qū　qū　qū　qū　qū
區、嶇、驅、蛐、曲、
qū　qǔ　qǔ　qù　qù
屈、娶、曲、去、趣

# hóu zi qǔ qīn
# 猴子娶親

hóu zi jīn tiān qǔ qīn　　shān qū de dòng wù men dōu lái qìng hè
猴子今天娶親，山區的動物們都來慶賀。

yí dà zǎo　　xīn láng hóu zi de qǔ qīn duì wǔ jiù qù yíng jiē xīn
一大早，新郎猴子的娶親隊伍就去迎接新

niáng　　xīn láng de dì di qū chē zǒu zài qián mian　　cháng cháng de duì wǔ
娘。新郎的弟弟驅車走在前面，長長的隊伍

hào hào dàng dàng　　zài qí qū de shān lù shang wān wān qū qū de xíng jìn
浩浩蕩蕩，在崎嶇的山路上彎彎曲曲地行進

zhe　　qū qu yě lái zhù xìng　　yí lù chàng zhe dòng tīng de gē qǔ
着。蛐蛐也來助興，一路唱着動聽的歌曲，

pèi hé zhe qiāo luó dǎ gǔ　　shí fēn rè nao
配合着敲鑼打鼓，十分熱鬧。

dào le xīn niáng jiā　　xīn láng hóu zi xià le chē　　qū xī xiàng xīn
到了新娘家，新郎猴子下了車，屈膝向新

niáng fù mǔ xíng le lǐ　　bǎ dá ban de piào piao liàng liàng de xīn niáng jiē
娘父母行了禮，把打扮得漂漂亮亮的新娘接

<sup>shàng chē</sup>
上車。

　　<sup>huí chéng zhōng</sup>　<sup>qì chē jīng guò yì tiáo zhǎng le shuǐ de xiǎo hé</sup>
　　回程中，汽車經過一條漲了水的小河，
<sup>kāi bú guò qu</sup>　<sup>xīn láng háo bù yóu yù</sup>　<sup>xià chē bǎ xīn niáng bēi zhe</sup>
開不過去。新郎毫不猶豫，下車把新娘背着，
<sup>shè shuǐ guò hé</sup>　<sup>dà jiā dōu hā hā dà xiào</sup>　<sup>wèi zhè yǒu qù de qíng jǐng</sup>
涉水過河。大家都哈哈大笑，為這有趣的情景
<sup>rè liè gǔ zhǎng</sup>
熱烈鼓掌。

45

音節寶庫

quan

quān　quán　quán　quán　quán
圈、權、全、痊、拳、

quǎn　quàn　quàn
犬、勸、券

聆聽錄音

# quán jī bǐ sài
# 拳擊比賽

xiǎo gǒu wāng wāng hěn xǐ huan quán jī yùn dòng　　tā bài le shī fu měi
小狗汪汪很喜歡拳擊運動，牠拜了師傅每

tiān liàn xí
天練習。

　　yì tiān　　wāng wāng gào su fù mǔ shuō　　tā yào qù cān jiā yuè dǐ
一天，汪汪告訴父母說，牠要去參加月底

de quán jī bǐ sài　　tā de duì shǒu shì qiáng zhuàng de dà láng quǎn
的拳擊比賽。牠的對手是強壯的大狼犬。

　　wāng wāng de fù mǔ quàn tā bié qù mào xiǎn　　dàn shì　　hái shi bǎ
汪汪的父母勸牠別去冒險，但是，還是把

jué dìng quán jiāo gěi wāng wāng zì jǐ
決定權交給汪汪自己。

guǒ rán　　dì yī gè
果然，第一個

huí hé zhōng　wāng wāng jiù
回合中，汪汪就

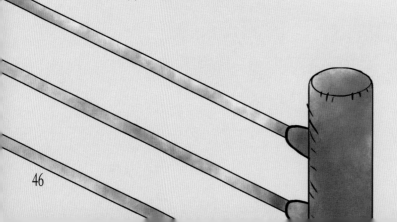

46

敗下陣來，還受了
傷。

足足治療休養
了兩個月，汪汪才
痊癒。汪汪沒有氣
餒，牠加緊練習，
改正了自己的技術，信心十足地參加下一場
比賽。

這次，汪汪父母也買了入場券去為牠
捧場。汪汪果然取得了完全的勝利，成為拳
擊圈中一位優秀的新星。

音節寶庫

ren

rén rén rěn rèn rèn
人、仁、忍、刃、韌、

rèn rèn rèn rèn
葚、飪、紉、任

聆聽錄音

sī chóu de fā míng
# 絲綢的發明

zài gǔ dài　　yuán shǐ rén fēng cān lù sù　　shēng chī shòu ròu　　shēn
在古代，原始人風餐露宿，生吃獸肉，身

pī shù yè huò shòu pí　　shǐ yòng hěn jiǎn dān de gōng jù　　tā men mò mò
披樹葉或獸皮，使用很簡單的工具。他們默默

de rěn shòu zhe yí qiè　　rèn píng dà zì rán de bǎi bù
地忍受着一切，任憑大自然的擺布。

jiàn jiàn de　　tā men kāi shǐ gǎi shàn le shēng huó　　zhù jìn le shí
漸漸地，他們開始改善了生活，住進了石

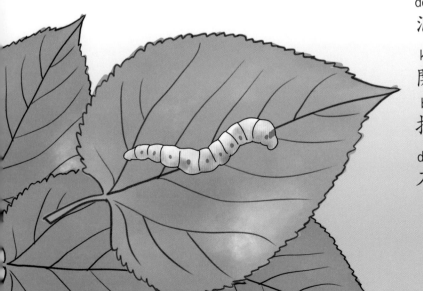

dòng　　fā míng le huǒ
洞，發明了火，

kāi shǐ pēng rèn shóu shí
開始烹飪熟食，

bǎ shí mó jiān yǒu le
把石磨尖有了

dāo rèn
刀刃……

北方有位部落首領黃帝，他為人仁慈，深得人們愛戴。他的妻子叫嫘祖，一天在林中發現一些樹上的紫色葚果很好吃，有些小蟲在樹上吃葉，過不多久這些蟲吐出絲來作成繭子，把自己困在裏面。而這些絲光滑堅韌，非常特別。嫘祖試着用絲來織成布做衣服，光滑舒服。她就教婦女們種桑養蠶繅絲縫紉，發明了絲綢。

音節寶庫

rong

róng róng róng róng róng
容、蓉、榮、絨、融、
róng róng róng róng
溶、茸、榕、嶸

聆聽錄音

## róng shù gōng gong
# 榕樹公公

hé xīn de xiǎo dǎo shang zhǎng zhe yì kē róng shù
河心的小島上長着一棵榕樹。

tā de xū gēn xià dao dì miàn hòu zhā zài ní zhōng yòu shēng le gēn
它的鬚根下到地面後扎在泥中又生了根。

guò le xǔ duō nián zhè kē róng shù zhǎng chéng le yì kē pū tiān gài dì de
過了許多年，這棵榕樹長成了一棵鋪天蓋地的

dà róng shù jī hū zhàn zhe quán dǎo de miàn jī
大榕樹，幾乎佔着全島的面積。

fú róng niǎo zuì xǐ huan dào zhè kē dà shù shang lái zhù wō xiǎo niǎo
芙蓉鳥最喜歡到這棵大樹上來築窩。小鳥

men zài wō zhōng shēn chū zhǎng zhe yì céng róng máo de máo róng róng de tóu
們在窩中伸出長着一層絨毛的毛茸茸的頭，

jī jī zhā zhā de jiào huàn zhe shì róng shù gōng gong zuì ài tīng de yīn
嘰嘰喳喳地叫喚着，是榕樹公公最愛聽的音

yuè
樂。

大樹包容着一切生物：猴子嬉戲，松鼠覓食，鳥兒築窩，蟲子漫步……牠們在這裏相處融洽，大榕樹是牠們的家，榕樹感到很光榮。

在月色溶溶的夜晚，榕樹的倒影映在河水中，背襯着崢嶸的山脈，是一幅極美的風景畫，吸引了很多遊客前來欣賞。

# 拼音 遊樂場 ②

練習內容涵蓋本書音節 peng 至 rong
由第 30 頁至第 50 頁

## 一 請選出正確的拼音 ✔ ▲

**1**
- [ ] qīng wā
- [ ] qīn wā

**2**
- [ ] pēn yóu
- [ ] péng yǒu

**3**
- [ ] qì qiú
- [ ] qí qiú

**4**
- [ ] xiàng pí
- [ ] xiǎng pī

## 二 請為以下的拼音標上正確的聲調 ∨ ∕ 一 ＼ ▲

**1** 有趣　yǒu qu

**2** 圓圈　yuán quan

**3** 好人　hǎo ren

**4** 容易　rong y ì

| qiān bǐ | pú tao | pí qiú | qí zǐ |

1

2

3

4

四 我會拼讀，我會寫

1 p + eng =

2 q + ing =

3 q + uan =

4 r + ong =

sha

<ruby>殺<rt>shā</rt></ruby>、<ruby>剎<rt>shā</rt></ruby>、<ruby>沙<rt>shā</rt></ruby>、<ruby>鯊<rt>shā</rt></ruby>、<ruby>紗<rt>shā</rt></ruby>、
<ruby>啥<rt>shá</rt></ruby>、<ruby>傻<rt>shǎ</rt></ruby>、<ruby>霎<rt>shà</rt></ruby>

聆聽錄音

## shā jīng xiāng yù
# 鯊鯨相遇

　　鯊魚在捕食時受了傷，頭上纏着
紗布，去看醫生。迎面來了一個龐然大
物，牠剎住腳步停了下來，瞪眼瞧着。
　　對方也在霎時間看到了這條大魚，
好奇地停住腳步。

牠們互相打量着，都看傻了，鯊魚問道：

「你是啥東西啊？是我們的同類嗎？」

對方的聲音有些沙啞：「你就是著名的鯊魚吧，瞧你身手敏捷，牙齒銳利，不愧是海洋中的霸王！」

鯊魚說：「你也不差呀，瞧你的體形比我還大！」

對方笑笑說：「我看來像魚，其實是哺乳類動物。人們叫我殺人鯨，其實我性格溫和，只吃浮游生物和小魚。」

從此牠倆成了朋友，常在海洋中一起游玩。

音節寶庫

shan

| | shān | shān | shān | shān | shān |
|---|---|---|---|---|---|
| 山 | 舢 | 衫 | 珊 | 搧 |

| | shàn | shàn | shàn | shàn |
|---|---|---|---|---|
| 扇 | 訕 | 善 | 擅 |

聆聽錄音

bú  zì  liàng  lì  de  shān  mín

# 不自量力的山民

cháng nián zhù zài shān cūn de yí gè qīng nián　zài péng you jiā li jiàn
長年住在山村的一個青年，在朋友家裏見

dao yí dà kuài měi lì de shān hú　zàn bu jué kǒu　tīng shuō dà hǎi li
到一大塊美麗的珊瑚，讚不絕口。聽說大海裏

yǒu hěn duō gè zhǒng xíng zhuàng de shān hú　tā jiù yào zì jǐ qù cǎi
有很多各種形狀的珊瑚，他就要自己去採。

tā huá le yì zhī xiǎo shān bǎn　chuǎng jìn le dà hǎi　xiōng yǒng de
他划了一隻小舢舨，闖進了大海。洶湧的

hǎi làng yí xià zi jiù bǎ shān bǎn xiān fān le　tā bú shàn yú yóu yǒng
海浪一下子就把舢舨掀翻了，他不善於游泳，

好不容易爬上了岸，衣衫全濕透，狼狽不堪地回到家裏。

他的鄰居搧着扇子坐在門口乘涼，訕笑他說：「採珊瑚哪裏是我們山民能做得到的事？那要擅長游泳的人或是會潛水的人才行啊。何況，珊瑚是受保護的動物，不能隨便採摘的，難道你不知道嗎？」

she

shé shé shè shè shè
蛇、舌、設、社、麝、

shè shè shè
攝、涉、射

聆聽錄音

fēi fǎ bǔ liè de xià chǎng
# 非法捕獵的下場

zhè yí dài sēn lín cháng cháng yǒu shè lù chū mò    yí gè liè rén lái
這一帶森林常常有麝鹿出沒。一個獵人來

dào lín zhōng  xiǎng bǔ huò jǐ tóu shè lù    yīn wèi zuì jìn shè huì shang duì
到林中，想捕獲幾頭麝鹿，因為最近社會上對

shè xiāng de  xū qiú liàng hěn dà
麝香的需求量很大。

果然，不久就有兩頭麝鹿出現。獵人瞄準後開槍射擊，但是沒打中。回家途中，他不小心踩到了一條蛇的尾巴，蛇吐出舌頭嘶嘶地叫着，獵人機靈地舉槍打死了牠。沒打到麝，卻得到了一張漂亮的蛇皮，獵人也很高興。

一連幾天沒捕到麝，獵人設計了一個陷阱，想讓麝自動投入羅網。但是，麝沒落網，獵人卻掉進了法網。因為護林隊早就在林中安裝了攝錄機，拍下了他的一舉一動。他的行為涉及損害國家級的受保護動物，要受到法律的制裁。

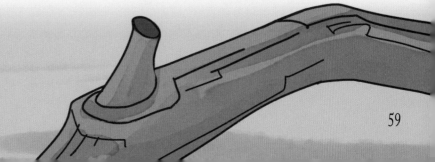

音節寶庫

**shen**

shēn shēn shēn shēn shén
伸、呻、身、深、神、

shēn shèn shèn
嬸、腎、滲

聆聽錄音

# bó ài de lǎo wáng
# 博愛的老王

lǎo wáng zhèng yào huí jiā　　tū rán gǎn dào dì dòng shān yáo　　shēn zi
老王正要回家，突然感到地動山搖，身子

yě zhàn bu wěn　　bù hǎo le　　dì zhèn le
也站不穩。不好了，地震了！

fáng zi huā lā yì shēng dǎo tā xià lai　　　　wǒ de hái zi
房子嘩啦一聲倒塌下來。「我的孩子！」

tā zhī dao ér zi zài wū li　　gǎn kuài yòng shǒu qù bā kāi suì shí wǎ
他知道兒子在屋裏，趕快用手去扒開碎石瓦

lì
礫。

ér zi zài yì gēn dà liáng xià shēn yín
兒子在一根大樑下呻吟

zhe　　shēn chū le yì zhī shǒu hū jiù　　shāng
着，伸出了一隻手呼救，傷

kǒu hěn shēn　　xiān xuè yǐ jing shèn tòu le shēn
口很深，鮮血已經滲透了身

上的衣衫。老王抱他放在自家的大板車上，推着他趕送醫院。

一路上老王好幾次被大嬸大叔攔住，要求帶上受傷的人。他毫不猶豫，次次停下車來接載。

醫生說他兒子的腎臟被壓破，醫治已太晚。兒子被死神接走了。有人說，假如他在路上不停車，也許兒子有救。老王說：「別人也是一條命，我不後悔。」

音節寶庫

sheng

shēng shēng shēng shēng shéng
生、升、牲、聲、繩、
shěng shèng shèng shèng
省、盛、剩、勝

聆聽錄音

# lǎo niú de jié jú
# 老牛的結局

今天是趕集的日子，牲口市場裏人聲鼎
jīn tiān shì gǎn jí de rì zi　shēng kou shì chǎng li rén shēng dǐng

沸，熱鬧得很⋯⋯熱鬧得很，大家都想來參與
fèi　rè nao de hěn　　rè nao de hěn　dà jiā dōu xiǎng lái cān yǔ

這盛大的活動。
zhè shèng dà de huó dong

人們從各地趕來了待賣的牛、馬、驢、騾
rén men cóng gè dì gǎn lái le dài mài de niú mǎ lú luó

等，其中很多是農家用剩下的老牲畜，牠
děng　qí zhōng hěn duō shì nóng jiā yòng shèng xià de lǎo shēng chù tā

們為主人耕田、運貨，辛勞了一生，如今年老
men wèi zhǔ rén gēng tián　yùn huò　xīn láo le yì shēng rú jīn nián lǎo

體衰，不能勝任繁重的勞動了，就被淘汰下
tǐ shuāi　bù néng shèng rèn fán zhòng de láo dòng le　jiù bèi táo tài xia

來。
lai

一頭老牛被粗繩子拴在木樁上，垂着頭。幾個買主走了過來，仔細端詳了一會兒，評論說：「這條老牛雖然瘦了些，肌肉還結實，吃起來應該還不差！」

他們原以為這頭老牛應該很便宜，但並不是。為了省錢，他們最後還是走了。直到月兒升起，老牛還是無人問津。

63

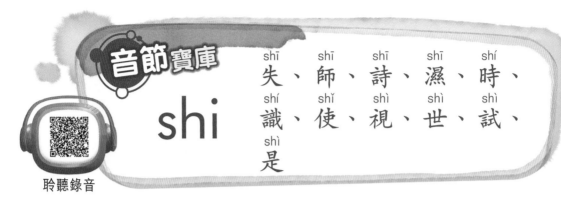

音節寶庫

shi

聆聽錄音

shī shī shī shī shí
失、師、詩、濕、時、
shí shǐ shì shì shì
識、使、視、世、試、
shì
是

wǒ men yào bì yè le
# 我們要畢業了！

shí jiān guò de zhēn kuài wǒ men jiù yào cóng xiǎo xué bì yè le
時間過得真快，我們就要從小學畢業了！

tóng xué men jì gāo xìng yòu gǎn dào shī luò
同學們既高興又感到失落。

jié shù xiǎo xué shēng huó jìn rù zhōng xué shuō míng zì jǐ zhǎng
結束小學生活，進入中學，說明自己長

dà le dāng rán gāo xìng kě shì yào gēn xiāng chǔ liù nián de lǎo shī
大了，當然高興；可是，要跟相處六年的老師

tóng xué fēn bié le dà jiā dōu yǎn shī shī de
同學分別了，大家都眼濕濕的。

bì yè kǎo shì zhī hòu jǔ xíng le gào bié huì tóng xué men yǒu
畢業考試之後，舉行了告別會。同學們有

de lǎng sòng shī gē yǒu de niàn gǎn xiè xìn yǒu de chàng gē tiào wǔ
的朗誦詩歌，有的唸感謝信，有的唱歌跳舞，

biǎo dá le zì jǐ de xīn qíng gǎn xiè lǎo shī jiāo gěi wǒ men hěn duō zhī
表達了自己的心情：感謝老師教給我們很多知

識，帶領我們認識社會和世界，擴大我們的視野，使我們身心健康地成長。

我畫了一張感謝卡給老師，上面寫着「我們畢業了！謝謝老師！」還畫了一張笑臉和一張哭臉，表明我是又開心又傷心。

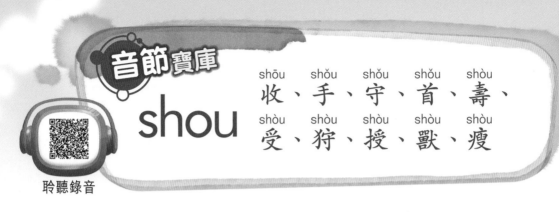

shou

shōu　shǒu　shǒu　shǒu　shòu
收、手、守、首、壽、
shòu　shòu　shòu　shòu　shòu
受、狩、授、獸、瘦

## shēng rì lǐ wù
# 生日禮物

bù luò shǒu lǐng wǔ shí suì shēng rì　　gè bù luò lǐng xiù dōu lái zhù
部落首領五十歲生日，各部落領袖都來祝

shòu
壽。

dà jiā dōu zhī dao bù luò shǒu lǐng xǐ ài shòu pí　　yú shì fēn fēn
大家都知道部落首領喜愛獸皮，於是紛紛

xiàn shang gè zhǒng qí zhēn yì shòu de pí máo　　zhè xiē dōu shì tā men zǎo
獻上各種奇珍異獸的皮毛，這些都是他們早

zài liǎng sān gè yuè zhī qián　　jiù pài chù bù luò zuì yōu xiù de shòu liè shǒu
在兩三個月之前，就派出部落最優秀的狩獵手

qù gè dì sēn lín bǔ huò de
去各地森林捕獲的。

bù luò shǒu lǐng duān zuò zài dà diàn　　yī yī jiē shòu gè bù luò lǐng
部落首領端坐在大殿，一一接受各部落領

xiù de bài jiàn zhù hè　　shōu xia tā men de lǐ wù　　huān xǐ de méi kāi
袖的拜見祝賀，收下他們的禮物，歡喜得眉開

yǎn xiào
眼笑。

　　zuì hòu yí wèi shòu xiǎo de bù luò lǐng xiù xiàn shang yì tiáo mǎng shé
最後一位瘦小的部落領袖獻上一條蟒蛇
pí shé pí hěn piào liang kě shì bù luò shǒu lǐng yí jiàn shé pí què
皮，蛇皮很漂亮。可是，部落首領一見蛇皮卻
bó rán dà nù jìng shòu mìng shǒu xià de shǒu wèi bǎ zhè bù luò lǐng xiù hé
勃然大怒，竟授命手下的守衛把這部落領袖和
shé pí niǎn chu mén qu
蛇皮攆出門去。

　　nǐ cāi zhè shì wèi shén me yuán lái zhè wèi shǒu lǐng de shēng xiào shǔ
你猜這是為什麼？原來這位首領的生肖屬
shé tā jì huì rén men shā shé yòu zěn néng rěn xīn bǎ wán shé pí ne
蛇，他忌諱人們殺蛇，又怎能忍心把玩蛇皮呢？

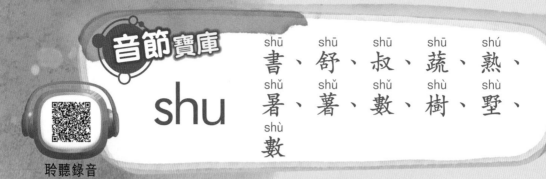

音節寶庫

shu

shū shū shū shū shú
書、舒、叔、蔬、熟、
shǔ shǔ shǔ shù shù
暑、薯、數、樹、墅、
shù
數

聆聽錄音

kuài lè de shǔ jià
# 快樂的暑假

zhè ge shǔ jià　　bà mā sòng wǒ hé dì di dào xīn jiè de shū shu
這個暑假，爸媽送我和弟弟到新界的叔叔
jiā qù zhù le yí gè yuè
家去住了一個月。

shū shu de bié shù hòu miàn yǒu yí piàn dà yuán dì　　shàng mian
叔叔的別墅後面有一片大園地，上面
zhòng le hěn duō guǒ shù　　nà shí　　　lì zhī　huáng pí　　lóng yǎn
種了很多果樹。那時，荔枝、黃皮、龍眼、
xī méi　　　dōu xiān hòu chéng shú le　　lěi lěi guǒ shí guà mǎn zhī tóu
西梅……都先後成熟了，纍纍果實掛滿枝頭，
wǒ men chī le gè tòng kuai
我們吃了個痛快。

shū shu hái zhòng le hěn duō shū cài　　yóu cài　　bái cài　　fān
叔叔還種了很多蔬菜，油菜、白菜、番
qié　qīng guā　　luó bo　　bái shǔ　　dōu néng chī shang zuì xīn xian
茄、青瓜、蘿蔔、白薯……都能吃上最新鮮

68

的，而且都是沒被污染的有機蔬菜呢。

我們白天在河裏游泳、捉魚蝦、撈蝌蚪，也沒忘了看書做功課；晚上坐在院子裏仰望滿天繁星，它們的數目我們怎麼也數不清。這樣的生活真舒服啊，臨走時，我真有點依依不捨呢。

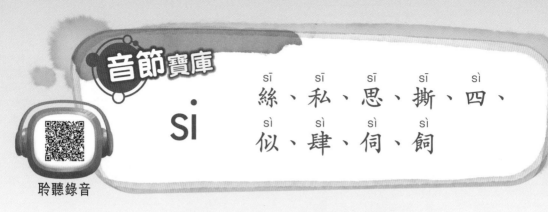

音節寶庫

si

聆聽錄音

sī sī sī sī sì
絲、私、思、撕、四、
sì sì sì sì
似、肆、伺、飼

## xiǎo huá yǎng gǒu
# 小華養狗

xiǎo huá zài chǒng wù diàn jiàn dao
小華在寵物店見到
yì tóu xiǎo gǒu　　tā hé tā sì yǎn
一頭小狗，他和牠四眼
duì wàng hěn jiǔ　　xiǎo huá shě bu dé
對望很久，小華捨不得
zǒu　　yào mā ma mǎi xia lai
走，要媽媽買下來。

　　sì yǎng chǒng wù hěn má fan
「飼養寵物很麻煩
de　　nǐ huì zhào gù tā ma
的，你會照顧牠嗎？」
mā ma wèn
媽媽問。

　　wǒ huì xué de
「我會學的。」

小華果真很認真地照顧小狗，從吃喝玩樂到住處，樣樣安排得一絲不苟。

小狗很頑皮，常常把小華的書本撕爛咬碎，在小華的房間裏放肆地奔跑跳躍。小華不讓牠去爸媽的房間，但牠總是伺機鑽進去。為了照顧牠，小華沒有了自己的私人時間，似乎小狗反倒成了他的主人。

小華的學業也退步了，只好把小狗轉送給別人。媽媽說：「以後做事要三思而行啊。」

song

sōng sōng sōng sǒng sòng
松、鬆、忪、聳、送、
sòng sòng sòng
頌、誦、宋

聆聽錄音

liǎng kē lǎo sōng
# 兩棵老松

zhè zuò dà shān de shān lù kǒu yǒu liǎng kē tǐng bá de lǎo sōng shù
這座大山的山路口有兩棵挺拔的老松樹。

zhè liǎng kē sōng shù gāo sǒng rù yún    zhī yè péng sōng    qí guài de
這兩棵松樹高聳入雲，枝葉蓬鬆。奇怪的

shì    tā men gè zhàn zài shān lù de zuǒ yòu liǎng biān    zhǔ gàn xiàng shān lù
是，它們各站在山路的左右兩邊，主幹向山路

zhōng jiān qīng xié    qián miàn de nà kē xiàng yòu qīng xié    hòu miàn de nà kē
中間傾斜，前面的那棵向右傾斜，後面的那棵

xiàng zuǒ    xiàng lù zhōng jiān shēn chū de shù zhī dōu bǐ lìng yì biān de cháng
向左；向路中間伸出的樹枝都比另一邊的長，

suǒ yǐ kàn qǐ lai jiù hǎo xiàng shì sōng shù shēn chu shǒu lai xiàng yóu kè dǎ
所以看起來就好像是松樹伸出手來向遊客打

招呼。在迷濛的晨霧或雲海中，就好像兩位睡
眼惺忪的老人，站立在路口歡迎和送別遊客，
所以便得了「迎客松」和「送客松」的美名。

宋朝以來，很多文人雅士寫詩文讚頌它
們，這些美文在民間傳誦了幾千年。

音節寶庫

su

聆聽錄音

sū sū sú sù sù
嗉、酥、俗、訴、素、
sù sù sù sù sù
肅、速、宿、簌、粟

## xī yóu tú zhōng
# 西遊途中

táng sēng lǐng zhe sān gè tú dì qián wǎng xī fāng qǔ jīng yí lù fēng
唐僧領着三個徒弟前往西方取經，一路風

cān lù sù fēi cháng xīn kǔ
餐露宿，非常辛苦。

這天黃昏，眼看就要天黑，他們加快速度走過沙漠，來到西域少數民族地區的一間民居。

主人很好客，按照當地的習俗，端出酥油茶招待。貪吃的八戒嚷着肚子餓，主人家裏只有一些素食：粟米粥和蔬菜，八戒吃不飽，向唐僧投訴。唐僧嚴肅地教訓他不得無禮，孫悟空舉起金箍棒要打他，八戒嚇得簌簌發抖，連聲討饒。沙僧在一旁咕噥：「出家人也不改改臭毛病！」唐僧斥他別嚕囌。

師徒四人吵吵鬧鬧吃完一頓飯，才安靜地躺下休息。

sui

| suī | suí | suí | suì | suì |
|---|---|---|---|---|
| 雖 | 隨 | 遂 | 歲 | 碎 |

| suì | suì | suì |
|---|---|---|
| 隧 | 穗 | 祟 |

## shào nián bào ēn
## 少年報恩

　　lǐ sān shǒu zhe zǔ chuán de jǐ mǔ dì zài tiě lù páng zhòng dào
　　李 三 守 着 祖 傳 的 幾 畝 地 在 鐵 路 旁 種 稻
wéi shēng
為 生 。

　　qiū jì shí fēn　dào suì dōu chéng shú le　lǐ sān rì yè xún luó
　　秋 季 時 分 ， 稻 穗 都 成 熟 了 ， 李 三 日 夜 巡 邏
hù dào
護 稻 。

　　yì tiān bàn yè　lǐ sān jiàn yí gè hēi yǐng guǐ guǐ suì suì rù le
　　一 天 半 夜 ， 李 三 見 一 個 黑 影 鬼 鬼 祟 祟 入 了
dào tián　tā suí jí gǎn guò qu　hēi yǐng xùn sù fēi bēn　zuān jìn suì
稻 田 。 他 隨 即 趕 過 去 ， 黑 影 迅 速 飛 奔 ， 鑽 進 隧
dào li　bèi jǐn zhuī de lǐ sān zhuō zhu le
道 裏 ， 被 緊 追 的 李 三 捉 住 了 。

　　yuán lái shì gè shí èr sān suì de shào nián　tā āi qiú dào
　　原 來 是 個 十 二 三 歲 的 少 年 。 他 哀 求 道 ：

「我半身不遂的老父親病得很重，很想喝一口米粥。我只想拾一些掉在地上的稻穗，拿回家碾碎煮點粥，請你饒了我吧！」

李三放過他，還回家拿了一袋米送給他。

歲月不饒人，十幾年後李三老得走不動了，生活困難。一天，有個青年來家看望他，還送上食品。雖然事隔多年，但李三還是認出他就是當年的偷稻少年。

音節寶庫

SUO

suō suō suō suō suǒ
唆、嗦、蓑、縮、所、
suǒ suǒ suǒ
索、瑣、鎖

聆聽錄音

# bù ān hǎo xīn de huáng shǔ láng
# 不安好心的黃鼠狼

huáng shǔ láng zuì ài chī jī　　 tā jiàn dao nóng zhuāng de jī dōu hěn
黃鼠狼最愛吃雞，牠見到農莊的雞都很

shòu 　　biàn suō shǐ tā men qù mài tián li mì shí
瘦，便唆使牠們去麥田裏覓食。

　　jī qún zhī dao mài tián li yǒu rén kān guǎn 　　dōu wèi wèi suō suō de
雞羣知道麥田裏有人看管，都畏畏縮縮地

bù kěn qián qù
不肯前去。

　　huáng shǔ láng gào su tā men 　　nà shì nóng fū fàng de dào cǎo rén
黃鼠狼告訴牠們，那是農夫放的稻草人。

jī qún yòu wèn 　　 jiǎ rú nóng fū chū lai le 　　zěn me bàn
雞羣又問：「假如農夫出來了，怎麼辦？」

huáng shǔ láng bú nài fán de shuō 　　 zěn me zhè yàng luō suō
黃鼠狼不耐煩地説：「怎麼這樣囉嗦，

農夫正忙着呢，不會管這瑣碎小事的。」

稻草人披着蓑衣，戴着草帽，手揮鞭子，很像真人。但是細看，它的身子裏插着木棒，還被鎖鏈牽在木樁上，不能動彈。

識破了稻草人後，

雞羣就索性大吃一頓，幾天內把掉在地上的所有麥粒啄乾淨。

雞羣變肥了，輪到黃鼠狼大飽口福了。

# 拼音 遊樂場 ③

練習內容涵蓋本書音節 sha 至 suo
由第 54 頁至第 78 頁

## 一 請選出正確的拼音 ✔ ▲

**1**

☐ shā yú

☐ shǎ yú

**2**

☐ gāo shàng

☐ gāo shān

**3**

☐ dú shè

☐ dú shé

**4**

☐ chú shī

☐ chǔ shǐ

## 二 請為以下的拼音標上正確的聲調 ∨ ／ 一 ヽ ▲

① 所以　suo yi

② 速度　su du

③ 松樹　song shu

④ 身體　shen ti

| sī jī | shǒu zhǎng | shū zi | yào shi |

**1**

**2**

**3**

**4**

四 我會拼讀，我會寫

**1** sh + a = ☐

**2** sh + ou = ☐

**3** sh + u = ☐

**4** s + uo = ☐

tai

| tāi | tái | tái | tái | tái |
|---|---|---|---|---|
| 胎 | 台 | 苔 | 颱 | 抬 |

| tài | tài | tài |
|---|---|---|
| 太 | 態 | 泰 |

聆聽錄音

## tái fēng xià chū shēng
# 颱風下出生

lǐ tài tai huái yùn jiǔ gè yuè　jí jiāng fēn miǎn
李太太懷孕九個月，即將分娩。

nà tiān　lǐ xiān sheng fū fù zài jiē shang wèi jí jiāng chū shēng de
那天，李先生夫婦在街上為即將出生的

ér zi gòu mǎi bì xū pǐn　cóng tái wān guā guò lai de jiǔ jí tái fēng
兒子購買必需品。從台灣颳過來的九級颱風

fēi tái nà　tí qián lái dào
「菲苔娜」提前來到，

狂風大作，暴雨傾盆而下，路上行人狼狽不堪。

偏偏在這時，李太覺得腹部劇痛，好像快臨盆了。李先生要攔的士，但是一來車子少，二來大家都在搶的士，攔不到。

事態非常嚴重，眼看孩子就要在街上出生了。多虧一輛私家車開過來幫忙，車主和李先生一起把李太抬進車裏，直飛醫院。

李太順利誕下胎兒，取名「安泰」，紀念他在危難時刻能平安和泰然地出生。

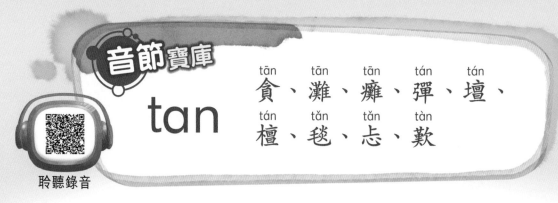

tan

tān tān tān tán tán
貪、灘、癱、彈、壇、
tán tǎn tǎn tàn
檀、毯、忐、歎

聆聽錄音

tān xīn de hòu guǒ
# 貪心的後果

　　　　liè rén zài hé tān shang kàn dao yì tóu shòu qiāng shāng de xiǎo lù tān
獵人在河灘上看到一頭受槍傷的小鹿癱
dǎo zài dì 　 tā bào tā huí jiā 　 qǔ chu zǐ dàn 　 bāo zā hǎo hòu sòng
倒在地，他抱牠回家，取出子彈，包紮好後送
huí lín zhōng
回林中。

　　　　dì èr tiān 　 tā zài jiā mén kǒu fā xiàn yì zhāng tǎn zi 　 tā xiǎng
第二天，他在家門口發現一張毯子，他想
bǎ tā xǐ gān jing yòng 　 tā de shǒu zhǐ yì tán tǎn zi 　 lì kè chū xiàn
把它洗乾淨用。他的手指一彈毯子，立刻出現
yí gè xiǎo tiān shǐ 　 tā kě yǐ mǎn zú tā de yí qiè yuàn wàng
一個小天使，她可以滿足他的一切願望。

　　　　tā zhǐ xiǎng yào yì jiān xiàng yàng de wū zi 　 tā nà pò jiù de máo
他只想要一間像樣的屋子。他那破舊的茅
wū guǒ zhēn biàn chéng le yì jiān yǒu yí zuò dà huā tán de dà wū 　 lǐ miàn
屋果真變成了一間有一座大花壇的大屋，裏面

de jiā jù dōu shì zǐ tán mù zuò de
的傢具都是紫檀木做的。

　　tā tān xīn de qī zi xiǎng yào wú shǔ zhēn bǎo　　liè rén tàn zhe qì
　　他貪心的妻子想要無數珍寶。獵人歎着氣
tán le yí xià tǎn zi　　wū zi biàn duī mǎn le zhēn bǎo
彈了一下毯子，屋子便堆滿了珍寶。

　　tā de qī zi xiǎng cháng shēng bù lǎo　　liè rén xīn zhōng tǎn tè
　　他的妻子想長生不老。獵人心中忐忑
bù ān　　dàn hái shi tán le yí xià tǎn zi　　xiǎng bu dào　　dà wū yí
不安，但還是彈了一下毯子。想不到，大屋一
xià zi biàn huí le jiù wū　　tā de shén qí tǎn zi zài yě méi yǒu mó fǎ
下子變回了舊屋，他的神奇毯子再也沒有魔法
le　　qī zi de tān xīn huǐ le yí qiè
了。妻子的貪心毀了一切。

音節寶庫

tang

聆聽錄音

tāng　táng　táng　táng　táng
湯、糖、棠、塘、螳、
tǎng　tàng　tàng
躺、燙、趟

## 螳螂捕蟬
táng láng bǔ chán

qiū shōu jì jié　　nóng mín zài tián li máng　　táng láng yě bù xián
秋收季節，農民在田裏忙，螳螂也不閒

zhe　　zhěng tiān zài tián li bāng zhe bǔ zhuō hài chóng
着，整天在田裏幫着捕捉害蟲。

bàng wǎn　　táng láng lái dào chí táng biān hē shuǐ　　qīng wā jiàn le tā
傍晚，螳螂來到池塘邊喝水，青蛙見了牠

zhāo hu dào　　　nǐ xīn kǔ le yì tiān　　lái wǒ jiā yí tàng　　qǐng nǐ
招呼道：「你辛苦了一天，來我家一趟，請你

chī dōng xi
吃東西。」

qīng wā mā ma gěi tā duān lai yì wǎn bǎi guǒ tián tāng　　shuō
青蛙媽媽給牠端來一碗百果甜湯，說：

tāng yǐ jing bú tàng le　　hē ba
「湯已經不燙了，喝吧！」

táng láng hē le yì kǒu xiào dào　　　qīng wā tài tai　　nǐ bǎ táng
螳螂喝了一口笑道：「青蛙太太，你把糖

放多了，太甜了。」

牠喝完湯，躺下休息了一會兒，聽見蟬叫聲，便出去尋找這個害蟲。看見一隻蟬正要吸吮一株海棠花根部的汁液，便要撲過去，誰知後面有隻黃雀正揚着脖子想吃牠。多虧青蛙一聲高叫，警告螳螂，黃雀才飛走了。

87

## tao

tāo　tāo　tāo　táo　táo
濤、滔、掏、陶、逃、

táo　táo　tǎo
桃、萄、討

jù　bǎo guàn
# 聚寶罐

yú fū lái dào hǎi biān　　hǎi zhōng bō tāo xiōng yǒng　　dà làng tāo
漁夫來到海邊，海中波濤洶湧，大浪滔

tiān　　dà làng tuì xia hou yǒu gè táo
天。大浪退下後有個陶

guàn liú zài hǎi tān shang　　yú fū bǎ
罐留在海灘上，漁夫把

tā dài le huí jiā
它帶了回家。

tā xǐ le táo guàn　　suí shǒu
他洗了陶罐，隨手

bǎ yì xiē pú tao hé táo zi fàng
把一些葡萄和桃子放

zài lǐ mian　　guò le yí huir
在裏面。過了一會兒，

tā shēn shǒu rù guàn qù tāo　　què
他伸手入罐去掏，卻

發現滿罐子都是桃子和葡萄。他大吃一驚，取出水果，放進一個銅錢，不一會兒，罐子裏全是銅錢。

原來這是一個聚寶罐！漁夫取出錢，出去買點好吃的慶祝一下。

他那不務正業的兒子回來向父親討錢，見到桌子上的罐子，心想這麼一個破罐子留着有什麼用？隨手把它向門外一扔。父親回來見寶罐摔破了，氣得追打兒子，兒子拔腿就跑，逃得無影無蹤。

音節寶庫

ti

tī　tī　tí　tí　tì
踢、梯、提、蹄、嚏、

tì　tì　tì
替、剃、涕

聆聽錄音

mǎ lì hé xiǎo mǎ
# 瑪麗和小馬

mǎ lì de fù qin shì xùn mǎ shī　　tā cóng xiǎo jiù xǐ huan mǎ
瑪麗的父親是馴馬師，她從小就喜歡馬

pǐ
匹。

mǔ mǎ shēng xia yì pǐ xiǎo mǎ　　fù qin sòng gěi tā zuò shēng rì
母馬生下一匹小馬，父親送給她作生日

lǐ wù　xiǎo mǎ zhǎng dà le　dìng shang le tí　mǎ lì tiān tiān qí
禮物。小馬長大了，釘上了蹄，瑪麗天天騎

zhe tā liàn pǎo　mǎ lì hěn ài hù xiǎo mǎ　měi tiān tì tā shū xǐ dǎ
着牠練跑。瑪麗很愛護小馬，每天替牠梳洗打

ban　tì cháng máo　xiǎo mǎ duì tā yě hěn yǒu hǎo　cóng lái bù tī
扮，剃長毛。小馬對她也很友好，從來不踢

tā
她。

mǎ lì yào qí zhe xiǎo mǎ qù cān jiā mǎ shù bǐ sài　fù qin tí
瑪麗要騎着小馬去參加馬術比賽。父親提

醒她說小馬沒經過專門訓練，恐怕應付不了。

瑪麗相信她可以把牠訓練好。

比賽時，起初幾項小馬都完成得很好。可是，在越過雲梯時，一隻小蟲飛來，小馬打了個噴嚏，一失蹄跌倒在地上，瑪麗也摔了出去，受了重傷。

小馬死了，瑪麗痛哭流涕。

# 拼音 遊樂場 ④

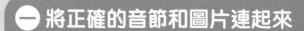

練習內容涵蓋本書音節 tai 至 ti
由第 82 頁至第 90 頁

## 一 將正確的音節和圖片連起來

| táo xīn | shuǐ tán | shēn tǐ | bái táng |
|---------|----------|---------|----------|

①

②

③

④

## 二 請為以下的拼音標上正確的聲調　ˇ ˊ ˉ ˋ

① 毛毯　mao tan

② 課堂　kè tang

③ 討論　tao lùn

④ 提問　ti wèn

三 讀一讀，找出符合圖片的拼音寫在方框內

| yīng táo | chōu ti | shā tān | yī wǎn tāng |

1

2

3

4

四 我會拼讀，我會寫

1 t ＋ ai ＝ ☐    2 t ＋ an ＝ ☐

3 t ＋ ang ＝ ☐    4 t ＋ ao ＝ ☐

# dòng wù gē chàng huì
# 動物歌唱會

shù lín li jǔ xíng le yí cì dòng wù gē chàng huì　dà jiā dōu xìng
樹林裏舉行了一次動物歌唱會，大家都興

zhì bó bó lái cān jiā　　tā men yǒu de lái biǎo yǎn　　yǒu de lái wèi péng
致勃勃來參加。牠們有的來表演，有的來為朋

you pěng chǎng
友捧場。

luò yè gěi dì miàn pū shang le hòu hòu yì céng lǜ tǎn zi　　jiù zuò
落葉給地面鋪上了厚厚一層綠毯子，就作

le guān zhòng xí　　méng lóng de wù qì hǎo xiàng gěi wǔ tái pī shang le yì
了觀眾席。朦朧的霧氣好像給舞台披上了一

céng shā mù shì de
層紗幕似的。

māo jiā zú de hé chàng dì yī gè chū chǎng　　miāo miāo de gē shēng
貓家族的合唱第一個出場，喵喵的歌聲

zhēn dòng tīng
真動聽。

大犬小犬的狂吠卻不
太受人歡迎，任憑牠們叫
得響，大家卻嫌煩。

唐老鴨嘎嘎嘎的叫聲
只是小孩子感興趣，動物
們都覺得不能容忍。

啄木鳥下了班也來
了，牠的歌聲好像鼓手
在敲鼓，一下一下很深
沉。

95

馬鳴、牛叫、羊嗚咽、豬拱鼻，逗得大家哈哈大笑。

蟒蛇也來湊熱鬧，牠抬起頭來發出嘶嘶的叫聲，使人毛骨悚然。牠的樣子雖然可怕，但是沒有惡意。

淘氣的猴羣不好好聽演出，卻在觀眾席裏搗亂。牠們掏人的腰包，想方設法找東西吃，還扯人衣衫，伸手向人討食，令人生氣。

獅虎豹象等動物也來了，識趣地站立在另一邊。牠們的吼聲洪亮，膽小的動物嚇得縮成一團，有人悄悄地慢慢溜走了。

最美妙動聽的當然是黃鶯的歌聲了，牠的思鄉曲迷倒了很多觀眾，有些還在偷偷抹淚。

壓軸的是青蛙家族的大合唱，氣勢宏大。最後是貓頭鷹的催眠曲把大家帶入夢鄉。

一 請為以下的拼音標上正確的聲調　ˇ ／ 一 ＼

① 生日　sheng rì　　② 踢球　tī qiu

③ 蜻蜓　qing tíng　　④ 雖然　sui rán

二 看圖片，補全下面的拼音

① 　　huǒ（　　）

② 　　（　　）tou

③ 　　xiǎo（　　）

④ 　　（　　）fēng

讀一讀，找出符合圖片的拼音寫在方框內 ▲

| mǎ lù | pēn quán | dài shǔ | mó gu |

**1**

**2**

**3**

**4**

四 請選出正確的拼音 ✔ ▲

**1** 每天

☐ měi tiān

☐ méi tiān

**2** 魔法

☐ mō fǎ

☐ mó fǎ

**3** 普通

☐ pǔ tōng

☐ pū tōng

**4** 手機

☐ shǒu jī

☐ sōu jí

# 答案

## 拼音遊樂場①

一、

1. xiǎo māo　2. mā ma　3. níng méng　4. mǐ fàn

二、

1. mó fǎ　2. màn yú　3. měi lì　4. hé miáo

三、

1. miàn tiáo　2. shù mù　3. ní tǔ　4. mèi mei

四、

1. ma　2. mao　3. meng　4. miao

## 拼音遊樂場②

一、

1. qīng wā　2. péng yǒu　3. qì qiú　4. xiàng pí

二、

1. yǒu qù　2. yuán quān　3. hǎo rén　4. róng yì

三、

1. pí qiú　2. pú tao　3. qí zǐ　4. qiān bǐ

四、

1. peng　2. qing　3. quan　4. rong

## 拼音遊樂場③

一、

1. shā yú　2. gāo shān　3. dú shé　4. chú shī

二、

1. suǒ yǐ　2. sù dù　3. sōng shù　4. shēn tǐ

三、

1. shū zi   2. sī jī   3. yào shi   4. shǒu zhǎng

四、

1. sha   2. shou   3. shu   4. suo

## 拼音遊樂場④

一、

1. shuǐ tán   2. bái táng   3. táo xīn   4. shēn tǐ

二、

1. máo tǎn   2. kè táng   3. tǎo lùn   4. tí wèn

三、

1. shā tān   2. yī wǎn tāng   3. yīng táo   4. chōu ti

四、

1. tai   2. tan   3. tang   4. tao

## 綜合練習

一、

1. shēng rì   2. tī qiú   3. qīng tíng   4. suī rán

二、

1. huǒ shān   2. shé tou   3. xiǎo mǎ   4. mì fēng

三、

1. mǎ lù   2. mó gu   3. pēn quán   4. dài shǔ

四、

1. měi tiān   2. mó fǎ   3. pǔ tōng   4. shǒu jī

| 1. | ma | <ruby>媽<rt>mā</rt></ruby>、<ruby>抹<rt>mā</rt></ruby>、<ruby>麻<rt>má</rt></ruby>、<ruby>螞<rt>mǎ</rt></ruby>、<ruby>馬<rt>mǎ</rt></ruby>、<ruby>瑪<rt>mǎ</rt></ruby>、<ruby>罵<rt>mà</rt></ruby>、<ruby>嗎<rt>ma</rt></ruby>、<ruby>嘛<rt>ma</rt></ruby> |
|---|---|---|
| 2. | man | <ruby>埋<rt>mán</rt></ruby>、<ruby>鰻<rt>mán</rt></ruby>、<ruby>瞞<rt>mán</rt></ruby>、<ruby>蠻<rt>mán</rt></ruby>、<ruby>饅<rt>mán</rt></ruby>、<ruby>滿<rt>mǎn</rt></ruby>、<ruby>慢<rt>màn</rt></ruby>、<ruby>謾<rt>màn</rt></ruby> |
| 3. | mao | <ruby>貓<rt>máo</rt></ruby>、<ruby>毛<rt>máo</rt></ruby>、<ruby>髦<rt>máo</rt></ruby>、<ruby>錨<rt>máo</rt></ruby>、<ruby>貌<rt>mào</rt></ruby>、<ruby>茂<rt>mào</rt></ruby>、<ruby>瑁<rt>mào</rt></ruby>、<ruby>冒<rt>mào</rt></ruby>、<ruby>帽<rt>mào</rt></ruby> |
| 4. | mei | <ruby>玫<rt>méi</rt></ruby>、<ruby>眉<rt>méi</rt></ruby>、<ruby>梅<rt>méi</rt></ruby>、<ruby>莓<rt>méi</rt></ruby>、<ruby>沒<rt>méi</rt></ruby>、<ruby>每<rt>měi</rt></ruby>、<ruby>美<rt>měi</rt></ruby>、<ruby>媚<rt>mèi</rt></ruby>、<ruby>妹<rt>mèi</rt></ruby>、<ruby>魅<rt>mèi</rt></ruby> |
| 5. | meng | <ruby>蒙<rt>méng</rt></ruby>、<ruby>朦<rt>méng</rt></ruby>、<ruby>獴<rt>méng</rt></ruby>、<ruby>矇<rt>měng</rt></ruby>、<ruby>蜢<rt>měng</rt></ruby>、<ruby>猛<rt>měng</rt></ruby>、<ruby>懵<rt>měng</rt></ruby>、<ruby>夢<rt>mèng</rt></ruby> |
| 6. | mi | <ruby>瞇<rt>mī</rt></ruby>、<ruby>獼<rt>mí</rt></ruby>、<ruby>迷<rt>mí</rt></ruby>、<ruby>謎<rt>mí</rt></ruby>、<ruby>麋<rt>mí</rt></ruby>、<ruby>蜜<rt>mì</rt></ruby>、<ruby>密<rt>mì</rt></ruby>、<ruby>秘<rt>mì</rt></ruby>、<ruby>覓<rt>mì</rt></ruby> |
| 7. | mian | <ruby>眠<rt>mián</rt></ruby>、<ruby>棉<rt>mián</rt></ruby>、<ruby>綿<rt>mián</rt></ruby>、<ruby>免<rt>miǎn</rt></ruby>、<ruby>勉<rt>miǎn</rt></ruby>、<ruby>腼<rt>miǎn</rt></ruby>、<ruby>面<rt>miàn</rt></ruby>、<ruby>麵<rt>miàn</rt></ruby> |
| 8. | miao | <ruby>喵<rt>miāo</rt></ruby>、<ruby>瞄<rt>miáo</rt></ruby>、<ruby>描<rt>miáo</rt></ruby>、<ruby>苗<rt>miáo</rt></ruby>、<ruby>秒<rt>miǎo</rt></ruby>、<ruby>渺<rt>miǎo</rt></ruby>、<ruby>廟<rt>miào</rt></ruby>、<ruby>妙<rt>miào</rt></ruby> |
| 9. | mo | <ruby>摸<rt>mō</rt></ruby>、<ruby>蘑<rt>mó</rt></ruby>、<ruby>魔<rt>mó</rt></ruby>、<ruby>摩<rt>mó</rt></ruby>、<ruby>抹<rt>mǒ</rt></ruby>、<ruby>默<rt>mò</rt></ruby>、<ruby>漠<rt>mò</rt></ruby>、<ruby>沒<rt>mò</rt></ruby> |
| 10. | mu | <ruby>畝<rt>mǔ</rt></ruby>、<ruby>母<rt>mǔ</rt></ruby>、<ruby>目<rt>mù</rt></ruby>、<ruby>墓<rt>mù</rt></ruby>、<ruby>慕<rt>mù</rt></ruby>、<ruby>暮<rt>mù</rt></ruby>、<ruby>牧<rt>mù</rt></ruby>、<ruby>募<rt>mù</rt></ruby>、<ruby>睦<rt>mù</rt></ruby>、<ruby>沐<rt>mù</rt></ruby> |
| 11. | ni | <ruby>泥<rt>ní</rt></ruby>、<ruby>呢<rt>ní</rt></ruby>、<ruby>鯢<rt>ní</rt></ruby>、<ruby>你<rt>nǐ</rt></ruby>、<ruby>逆<rt>nì</rt></ruby>、<ruby>膩<rt>nì</rt></ruby>、<ruby>溺<rt>nì</rt></ruby>、<ruby>昵<rt>nì</rt></ruby> |

| | | | | | | | | | | |
|---|---|---|---|---|---|---|---|---|---|---|
| 12. | peng | pēng 烹 | pēng 怦 | pēng 砰 | pēng 嘭 | péng 朋 | péng 篷 | péng 蓬 | péng 鵬 | péng 澎 | pěng 捧 |
| 13. | pi | pī 劈 | pī 霹 | pī 披 | pí 皮 | pí 脾 | pí 疲 | pí 啤 | pǐ 匹 | pì 屁 | pì 僻 |
| 14. | pu | pū 鋪 | pū 撲 | pú 葡 | pú 菩 | pǔ 普 | pǔ 樸 | pǔ 圃 | pù 瀑 | pù 舖 | pù 曝 |
| 15. | qi | qī 妻 | qī 淒 | qī 戚 | qī 欺 | qí 奇 | qí 騎 | qí 棋 | qì 泣 | qì 氣 | qì 器 |
| 16. | qian | qiān 遷 | qiān 牽 | qiān 簽 | qiān 千 | qián 錢 | qián 前 | qiǎn 遣 | qiàn 欠 | | |
| 17. | qiao | qiáo 橋 | qiáo 喬 | qiáo 瞧 | qiáo 樵 | qiǎo 巧 | qiào 翹 | qiào 峭 | qiào 撬 | | |
| 18. | qing | qīng 清 | qīng 輕 | qīng 蜻 | qīng 青 | qíng 晴 | qíng 情 | qǐng 請 | qìng 慶 | | |
| 19. | qu | qū 區 | qū 嶇 | qū 驅 | qū 蛐 | qǔ 曲 | qū 屈 | qǔ 娶 | qǔ 曲 | qù 去 | qù 趣 |
| 20. | quan | quān 圈 | quán 權 | quán 全 | quán 痊 | quán 拳 | quǎn 犬 | quàn 勸 | quàn 券 | | |
| 21. | ren | rén 人 | rén 仁 | rěn 忍 | rèn 刃 | rèn 韌 | rèn 葚 | rèn 飪 | rèn 紉 | rèn 任 | |
| 22. | rong | róng 容 | róng 蓉 | róng 榮 | róng 絨 | róng 融 | róng 溶 | róng 茸 | róng 榕 | róng 嶸 | |

| 23. | sha | shā 殺 | shā 剎 | shā 沙 | shā 鯊 | shā 紗 | shá 啥 | shǎ 傻 | shà 霎 | | | |
|---|---|---|---|---|---|---|---|---|---|---|---|---|
| 24. | shan | shān 山 | shān 舢 | shān 衫 | shān 珊 | shān 搧 | shàn 扇 | shàn 訕 | shàn 善 | shàn 擅 | | |
| 25. | she | shé 蛇 | shé 舌 | shè 設 | shè 社 | shè 麝 | shè 攝 | shè 涉 | shè 射 | | | |
| 26. | shen | shēn 伸 | shēn 呻 | shēn 身 | shēn 深 | shén 神 | shěn 嬸 | shèn 腎 | shèn 滲 | | | |
| 27. | sheng | shēng 生 | shēng 升 | shēng 牲 | shēng 聲 | shéng 繩 | shěng 省 | shèng 盛 | shèng 剩 | shèng 勝 | | |
| 28. | shi | shī 失 | shī 師 | shī 詩 | shī 濕 | shí 時 | shí 識 | shǐ 使 | shì 視 | shì 世 | shì 試 | shì 是 |
| 29. | shou | shōu 收 | shǒu 手 | shǒu 守 | shǒu 首 | shòu 壽 | shòu 受 | shòu 狩 | shòu 授 | shòu 獸 | shòu 瘦 | |
| 30. | shu | shū 書 | shū 舒 | shū 叔 | shū 蔬 | shú 熟 | shǔ 暑 | shǔ 薯 | shù 數 | shù 樹 | shù 墅 | shù 數 |
| 31. | si | sī 絲 | sī 私 | sī 思 | sī 撕 | sì 四 | sì 似 | sì 肆 | sì 伺 | sì 飼 | | |
| 32. | song | sōng 松 | sōng 鬆 | sōng 忪 | sǒng 聳 | sòng 送 | sòng 頌 | sòng 誦 | sòng 宋 | | | |
| 33. | su | sū 囌 | sū 酥 | sú 俗 | sù 訴 | sù 素 | sù 肅 | sù 速 | sù 宿 | sù 簌 | sù 粟 | |

| 34. | sui | suī 雖 、 | suí 隨 、 | suí 遂 、 | suì 歲 、 | suì 碎 、 | suì 隧 、 | suì 穗 、 | suì 祟 | |
|---|---|---|---|---|---|---|---|---|---|
| 35. | suo | suō 唆 、 | suō 嗦 、 | suō 蓑 、 | suō 縮 、 | suǒ 所 、 | suǒ 索 、 | suǒ 瑣 、 | suǒ 鎖 | |
| 36. | tai | tāi 胎 、 | tái 台 、 | tái 苔 、 | tái 颱 、 | tái 抬 、 | tài 太 、 | tài 態 、 | tài 泰 | |
| 37. | tan | tān 貪 、 | tān 灘 、 | tān 癱 、 | tán 彈 、 | tán 壇 、 | tán 檀 、 | tǎn 毯 、 | tǎn 忐 、 | tàn 歎 |
| 38. | tang | tāng 湯 、 | táng 糖 、 | táng 棠 、 | táng 塘 、 | táng 螳 、 | tǎng 躺 、 | tàng 燙 、 | tàng 趟 | |
| 39. | tao | tāo 濤 、 | tāo 滔 、 | tāo 掏 、 | táo 陶 、 | táo 逃 、 | táo 桃 、 | táo 萄 、 | tǎo 討 | |
| 40. | ti | tī 踢 、 | tī 梯 、 | tí 提 、 | tí 蹄 、 | tì 嚏 、 | tì 替 、 | tì 剃 、 | tì 涕 | |

（紅色的聲母是本書學習的聲母）

| b | p | m | f | d | t | n | l |
|---|---|---|---|---|---|---|---|
| 玻 | 坡 | 摸 | 佛 | 德 | 特 | 呢 | 勒 |

| g | k | h | j | q | x |
|---|---|---|---|---|---|
| 哥 | 科 | 喝 | 基 | 期 | 希 |

| zh | ch | sh | r | z | c | s |
|---|---|---|---|---|---|---|
| 知 | 吃 | 詩 | 日 | 資 | 次 | 思 |

（紅色的韻母是本書學習的韻母）

| | | i | 衣 | u | 烏 | ü | 迂 |
|---|---|---|---|---|---|---|---|
| a | 啊 | ia | 呀 | ua | 蛙 | | |
| o | 喔 | | | uo | 窩 | | |
| e | 鵝 | ie | 耶 | | | üe | 約 |
| ai | 哀 | | | ua | 歪 | | |
| ei | 欸 | | | uei | 威 | | |
| ao | 凹 | iao | 腰 | | | | |
| ou | 歐 | iou | 憂 | | | | |
| an | 安 | ian | 煙 | uan | 彎 | üan | 冤 |
| en | 恩 | in | 因 | uen | 溫 | ün | 暈 |
| ang | 昂 | iang | 央 | uang | 汪 | | |
| eng | 亨的韻母 | ing | 英 | ueng | 翁 | | |
| ong | 轟的韻母 | iong | 雍 | | | | |

| | | | | | | |
|---|---|---|---|---|---|---|
| Aa | Bb | Cc | Dd | Ee | Ff | Gg |
| Hh | Ii | Jj | Kk | Ll | Mm | Nn |
| Oo | Pp | Qq | Rr | Ss | Tt | |
| Uu | Vv | Ww | Xx | Yy | Zz | |

注：v 只用來拼寫外來語、少數民族語言和方言。

樂學普通話

# 趣味漢語拼音音節故事 ③
## 猴子娶親

作　　者：宋詒瑞
插　　圖：陳巧媚
責任編輯：黃碧玲
美術設計：郭中文
出　　版：新雅文化事業有限公司
　　　　　香港英皇道499號北角工業大廈18樓
　　　　　電話：(852)2138 7998
　　　　　傳真：(852)2597 4003
　　　　　網址：http://www.sunya.com.hk
　　　　　電郵：marketing@sunya.com.hk
發　　行：香港聯合書刊物流有限公司
　　　　　香港荃灣德士古道220-248號荃灣工業中心16樓
　　　　　電話：(852)2150 2100　　傳真：(852)2407 3062
　　　　　電郵：info@suplogistics.com.hk
印　　刷：中華商務彩色印刷有限公司
　　　　　香港新界大埔汀麗路36號
版　　次：二〇二三年五月初版

ISBN: 978-962-08-8185-5
© 2023 Sun Ya Publications (HK) Ltd.
18/F, North Point Industrial Building, 499 King's Road, Hong Kong
Published in Hong Kong SAR, China
Printed in China